원작 토베 얀손

핀란드의 유명한 동화작가이자 화가입니다. 대표작 무민 시리즈는 전 세계 50개국 이상에서 도서, TV 애니메이션, 영화 등으로 다양하게 소개되며 폭넓은 사랑을 받고 있습니다. 어린이 문학계의 노벨상이라 불리는 '한스 크리스티안 안데르센상'과 '핀란드 최고 훈장'을 수상했습니다.

옮긴이 천미나

이화여자대학교 문헌정보학과를 졸업했으며 어린이와 청소년을 위한 책을 우리말로 옮기는 일을 하고 있습니다. 옮긴 책으로는 《아름다운 아이》《수학 바보》《광합성 소년》《수상한 아빠》 등이 있습니다.

Welcome to Moominvalley

Based on stories and characters created by Tove Jansson
© Moomin Characters™ 2019, © Gutsy Animations 2019
First published 2020 by Macmillan Children's Books, an imprint of Pan Macmillan, a division of Macmillan Publishers International Limited

Korean translation ©2020 GIMM-YOUNG PUBLISHERS, INC.

This edition is published by arrangement with Macmillan Publishers International Ltd and KidsMind Agency, Korea. All rights reserved.

무민 골짜기로의 초대

1판 1쇄 인쇄 | 2020. 10. 8.
1판 1쇄 발행 | 2020. 10. 15.

원작 토베 얀손 | 천미나 옮김

발행처 김영사 | 발행인 고세규
편집 김선민 | 디자인 윤소라 | 마케팅 곽희은 | 홍보 박은경
등록번호 제 406-2003-036호 | 등록일자 1979. 5. 17. | 주소 경기도 파주시 문발로 197 (우10881)
전화 마케팅부 031-955-3100 | 편집부 031-955-3113~20 | 팩스 031-955-3111

값은 표지에 있습니다. ISBN 978-89-349-8760-4 03840

좋은 독자가 좋은 책을 만듭니다. 김영사는 독자 여러분의 의견에 항상 귀 기울이고 있습니다.
전자우편 book@gimmyoung.com | 홈페이지 www.gimmyoungjr.com

이 도서의 국립중앙도서관 출판시도서목록(CIP)은 서지정보유통지원시스템 홈페이지(http://seoji.nl.go.kr)와
국가자료공동목록시스템(http://www.nl.go.kr/kolisnet)에서이용하실 수 있습니다. (CIP제어번호 : 2020002207)

온다는 앞선 감성을 담은 김영사의 새 브랜드입니다.

어린이제품 안전특별법에 의한 표시사항
제품명 도서 제조년월일 2020년 10월 15일 제조사명 김영사 주소 10881 경기도 파주시 문발로 197
전화번호 031-955-3100 제조국명 중국 ⚠주의 책 모서리에 찍히거나 책장에 베이지 않게 조심하세요.

무민 골짜기로의 초대
Welcome to MOOMINVALLEY

원작 토베 얀손 | 천미나 옮김

차례

이야기의 시작

오랜 세월을 작은 외딴 섬에서 보낸 예술가가 있다면, 그가 매우 흥미롭고 남다른 사람이라고 여겨지는 게 당연하지 않을까요? 무민 시리즈의 창조자이자, 작가이며 삽화가인 토베 얀손이 바로 그렇습니다.

토베 얀손의 고향, 핀란드는 연안을 따라 수많은 작은 섬들이 흩어져 있는 나라입니다. 토베에게 섬은 항상 특별한 장소입니다. 어린 시절 토베는 수영과 뱃놀이를 즐겼고, 바닷가나 바위로 뒤덮인 만을 돌아다니며 가족과 함께 보내는 여름을 아주 좋아했습니다. 나이가 들어서는 클로브하루라는 조용한 섬에 작은 오두막집을 짓고, 그곳에서 30여 년간 자신의 동반자인 투티와 함께 살았지요.

무민 가족 역시 섬을 사랑하고, 특히 바다에서 하는 일이라면 가리지 않고 좋아합니다. 이야기 속 등장인물들과 무민 골짜기에서 벌어지는 대부분의 사건들은 어떤 식으로든 토베가 살아온 삶과 경험의 영향을 받았다고 볼 수 있지요.

1914년 8월 9일 핀란드 헬싱키에서 태어난 토베는 어려서부터 그림에 재능을 보였습니다. 덕분에 자라서 삽화가, 화가, 시사 만평가가 되었고, 상상력이 뛰어난 훌륭한 작가로 인정받았습니다.

토베는 유쾌한 성격이었던 에이나르 외삼촌에게 영감을 받았던 듯합니다. 어린 시절, 삼촌이 부엌 화덕 뒤에 사는 상상의 동물에 관한 재미난 이야기들을 종종 들려주었거든요. 갑자기 확 튀어나와 토베의 코에 주둥이를 마구 비벼 댈지도 모른다고 말이죠!

이러한 기억들을 토대로 1939년, 토베는 무민 골짜기를 배경으로 한 최초의 이야기 《무민 가족과 대홍수 (The Moomins and the Great Flood)》를 쓰기 시작했습니다. 제2차 세계 대전으로 중단되기도 했지만, 이후 1945년에 마무리되었어요. 이 책을 통해 세상 그 무엇보다 가족과 우정을 소중히 여기는 다정한 친구, 무민이 마침내 탄생했습니다.

　일 년 뒤 《혜성이 다가온다(Comet in Moominland)》가 출간되었고, 이
어서 무민 가족을 유명하게 만들어 준 《마법사가 잃어버린 모자(Finn
Family Moomintroll)》가 발표되었습니다.

　이후 몇 년간 토베는 인기 만화 시리즈를 신문에 연재했고, 무민 가
족의 모험을 주제로 많은 책들을 썼습니다. 꾸준히 늘어나는 무민 팬들
을 위해 애니메이션과 영화는 물론, 심지어 오페라까지 제작되었지요.

토베는 전 세계를 두루 다니며 수많은 무민 팬들을 만났습니다. 하지만 매번 자신의 섬으로 되돌아왔지요. 모든 것으로부터 벗어날 수 있는 평화로운 장소였으니까요.

무민 원작 동화와 연재만화를 읽은 독자들이라면《무민 골짜기의 모험》이 원작의 줄거리를 거의 그대로 반영하고 있다는 사실을 알 수 있겠지만, 주인공들의 성격과 독특한 생각들을 잘 드러내기 위해 고쳐 쓴 부분들도 있습니다. 무민 골짜기 곳곳에서 벌어지는 등장인물들의 '여정'을 보다 세세히 표현하기 위해 토베의 원작을 디딤돌 삼아, 이야기를 확장시킨 셈이랄까요.

친절, 사이좋은 이웃, 다른 생명체와 주변 세상에 대한 존중을 포함해, 토베가 무민 시리즈 속에 불어넣은 모든 소중한 의의와 가치들은 그의 작품들을 지금껏 사랑해 온 수백만 독자들은 물론, 새로운 세대까지 그대로 전해지고 있습니다. 언젠가 무민이 했던 말처럼,

"무민 골짜기는
세상에서 제일 멋진 골짜기"니까요.

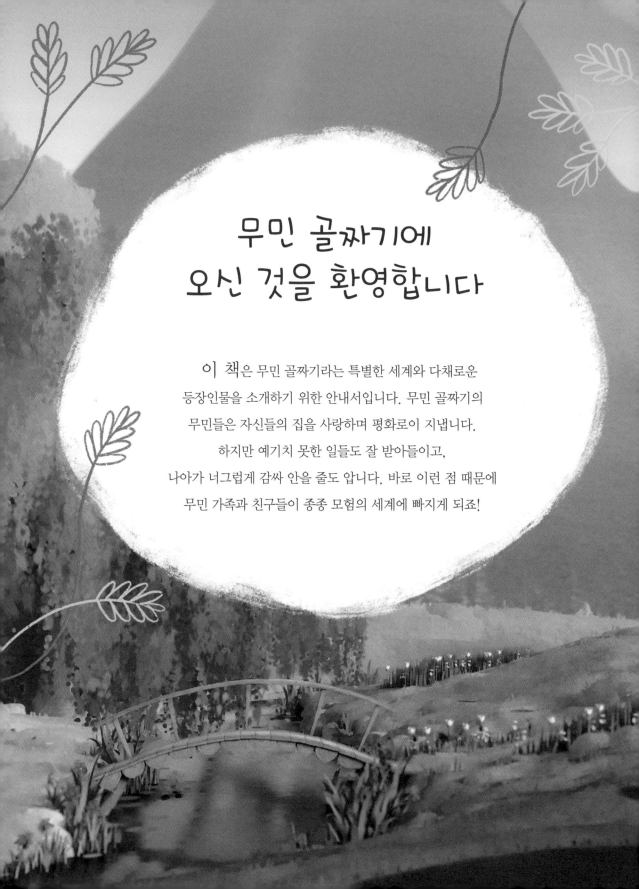

무민 골짜기에
오신 것을 환영합니다

이 책은 무민 골짜기라는 특별한 세계와 다채로운
등장인물을 소개하기 위한 안내서입니다. 무민 골짜기의
무민들은 자신들의 집을 사랑하며 평화로이 지냅니다.
하지만 예기치 못한 일들도 잘 받아들이고,
나아가 너그럽게 감싸 안을 줄도 압니다. 바로 이런 점 때문에
무민 가족과 친구들이 종종 모험의 세계에 빠지게 되죠!

무민 가족

무민 가족을 소개합니다

무민 가족은 '가족'의 기준이 별로 까다롭지 않습니다. 무민네 집에 수시로 드나들며 묵고 가는 몇몇 친구들은 가족이라는 테두리에 당연히 포함되지요.

무민

호기심이 많고
마음씨가 고와요.
뭐든 살펴보고 조사하기를
즐기고 모험을 떠나는 걸
아주 좋아합니다.

무민마마

차분하고도 침착한
무민 가족의 중심입니다.
다들 (무의식적으로든
아니든) 무민마마를
엄청 의지하지요.

무민파파

가장으로서의 역할을
매우 진지하게 받아들입니다.
현재 자신의 회고록을 쓰는 중이에요
무모했던 지난날의 모험들을
기록한 묵직한 책이지요.

사향뒤쥐

그물침대에 누워서
깊은 생각에 잠기는 걸
가장 좋아합니다.

스노크메이든

무민의 여자 친구이자
소꿉친구예요. 낭만적이고
영리하며 창의적입니다.

스너프킨

무민 골짜기를
고향으로 여기면서도,
마음 내키는 대로
떠돌아다니는 걸 좋아합니다.

꼬마 미이

이름은 꼬마지만…….
존재감만은 어마어마하답니다.
겁이라곤 없는 데다,
때로는 삭은 재앙들마저
즐기는 것 같거든요.

스니프

무민 가족이 하는 일은
뭐든 같이하고 싶어 해요.
워낙 겁이 많아서
위험한 일은
아예 시도도 못하지만요.

무민

무민은 상냥한 성격에 정직하며 항상 옳은 일을 하
려고 노력해요. 그런데 한편으로는 분위기에 휩쓸리는
편이라 그로 인해 난처한 상황에 빠지기도 하지요.
무민은 진심으로 친구들을 아끼고 좋아해요. 스너프킨은 최고의
단짝이고 스노크메이든은 무민의 여자 친구예요. 무민은 꼬마 미이에
게 늘 놀림을 당하면서도 진실한 친구가 되어 줍니다. 스니프 역시 있는
그대로의 모습을 인정하고 너그럽게 대하지요.
무민은 이해심이 많으면서도 예민한 성격이에요. 워낙 정이 많아서 쉽게 상처
를 받기도 합니다.

"오, 무민. 난 있는 그대로의
네 모습이 더 좋아."
– 스노크메이든, '황금빛 이야기' 중에서

무민 꼬리는요.

꼬리는 무민 가족에게
매우 좋아요. 무민도 예외는 아니지요.
꼬리는 보송보송할수록 좋답니다!

18

무민마마

현실적이고 재주가 많으며 침착하고도 지혜로운 무민마마
는 모든 이들을 살뜰히 보살펴 줍니다. 무슨 일이 생기든 도움
의 손길을 내어 주고요. 만약 까다로운 문제가 생기면, 자신의 손가
방을 헤집거나 요리책을 뒤져서라도 해결책을 찾아낸답니다.
무민마마에게 집은 중요해요. 또 어디든 아늑하고 편안하게 만드는 재주
가 있지요. 언제든 침착함을 잃지 않고 위로의 말을 건네는 무민마마는
그르친 일을 바로잡기 위해선 무슨 말이 필요한지를 아주 잘 알고
있답니다.

그밖에도 무민마마는요.

✻ 대단히 창의적이에요.
벽화를 칠하고, 바느질을 하고,
나무껍질로 예쁘고 정교한 장난감 배도
뚝딱 만들어 내요.

✻ 또 훌륭한 정원사예요.
집 정원에서 꽃과 채소를
정성껏 가꿉니다.

무민파파

무민파파는 스스로를 철학자라고 여기는 복잡한 성격의 무민입니다. 아끼는 검은색 중절모를 척 눌러쓰고 똑똑해 보이려고 하지요.

무민파파는 이야기를 좋아합니다. 실제로 일어난 사건이든, 지어낸 이야기든 가리지 않아요. (무민파파와 함께 있으면 그 차이를 구분하기가 힘듭니다.) 때로는 조금 젠체하며, 스스로를 위대한 영웅으로 생각해요. 젊은 시절 세상 구경을 하겠다는 크나큰 포부를 안고 고아원을 나왔고, 실제로도 그렇게 살아왔지요.

"이게 사는 거죠!
야단법석 떨 일도
가정의 안락함도 없이.
소박한 자연 그대로의 삶!"

– 무민파파, '그로크의 밤' 중에서

무민파파는 회고록과 더불어
자신이 살아온 삶을
바탕으로 한 연극 대본
<남들과는 다른 무민>*을 썼어요.
딱 맞는 제목이죠.
무민파파는 진정 특별하고
남다른 무민이니까요.

*무민파파는 '황금빛 이야기'에서
이 연극을 무대에 올립니다.

20

그밖에 무민 가족은요

무민 가족은 최선을 다해 서로를 돕고 응원합니다. 재앙을 이겨내고, 문제들을 극복하고, 낙천적이고도 열린 마음으로 온갖 도전에 당당하게 맞서며 흥미진진한 삶을 살아왔지요.

언젠가 폭풍우에 집이 둥둥 떠내려갔지만, 적응력이 뛰어난 무민 가족은 그저 담담하게 받아들였어요.*

"세상엔 이해할 수 없는 일들이 많은 법이죠. 하지만 세상 모든 게 딱 우리에게 익숙한 방식대로 있을 필요는 없잖아요?"

– 무민마마, '무민 가족의 여름 대소동' 중에서

무민마마와 무민파파

무민파파는 낭만적이라 자유분방한 삶을 동경해요. 무민마마는 보다 현실적이고요. 무민파파와 무민마마는 서로의 부족한 점을 완벽하게 채워 줍니다.

무민파파와 함께하는 삶은 결코 지루하지 않아요. 이따금 훌쩍 모험을 떠나거든요. 이를테면 밤새 바닷가에서 야영을 하기도 하고요. 무민마마는 이 모든 걸 태연하게 받아들여요. 심지어는 무민파파를 따라나선다고도 하네요.**

"자연 그대로의 자유로운 삶을 즐겨 봐요, 여보!"

– 무민파파, '그로크의 밤' 중에서

*'무민 가족의 여름 대소동'에 나옵니다.
**이 역시 '그로크의 밤'에서 벌어지는 일입니다.

무민 가족의 아주 짧은 역사

무민 가족은 옛 무민트롤의 후손으로, 조상들은 지금과는 겉모습도 행동도 많이 달랐습니다. 무민의 조상님들은 조그마한 잿빛 털북숭이 였지요.

무민의 조상님은 무민네 집 부엌 화덕 속에 살아요. 처음으로 조상님을 만난 무민은 깜짝 놀랍니다. * 빠르고 날렵한 조상님은 말이 거의 없어요. 어쩌다 "라담샤!" 하고 내뱉을 뿐이죠. 그 말이 무슨 뜻인지는 아무도 모릅니다. 똑똑한 투티키조차도요.

"우리 조상님들은 말이지……. 더할 수 없이 고귀한 존재였단다!"
– 무민파파, '한겨울의 조상님' 중에서

자세히 보면
무민 조상님의 주둥이가
무민들과 닮아 있어요.

무민의 조상님들은
솔잎을 먹고 살았어요.
물론 무민들은 지금도 솔잎을 먹지만,
오트밀 죽과 팬케이크,
잼과 돼지 모양 마르지판**도
아주 잘 먹어요!

"우리 조상님들은
이럭저럭 재주껏 사셨다.
직감을 믿으셨지!"

– 무민파파, '한겨울의 조상님' 중에서

* '한겨울의 조상님'에서 무민 조상님을 만날 수 있어요.
** 마르지판(Marzipan) : 아몬드 가루, 설탕, 달걀흰자
   따위를 섞어 만든 과자

무민 가족의
친구들과 손님들

밈블 아주머니

밈블 아주머니는 밝고 유쾌하며 수다스러워요. 무민 가족의 집을 자주 찾지만, 꼭 초대를 받고 오는 건 아니랍니다.

밈블 아주머니에게 자식이 몇이나 되는지는 아무도 몰라요.(아마 밈블 아주머니도 모를걸요!) 밈블 아주머니는 태평스럽고 마냥 느긋한 엄마이지요. 한번은 말썽꾸러기 꼬마 밈블들을 우르르 데리고 무민네 집에 예고도 없이 들이닥치는 바람에 가족들이 조금 곤란해진 적도 있어요. 무민 가족의 집은 순식간에 아수라장이 되고 말았지요.*

밈블 아주머니는 꼬마 미이의 엄마이기도 해요. 밈블 가족이 한참 묵고 떠날 때, 꼬마 미이는 무민 가족의 집에 남기로 합니다.

무민 가족은 예의가 바르고 나무랄 데 없이 훌륭한 집주인이에요. 누가 언제 찾아오든 차와 케이크를 대접하지요.

26

*'꼬마 미이가 이사 왔어요'에서 밈블 아주머니는 무민 가족의 집에 예고 없이 들이닥쳐요.

꼬마 미이

꼬마 미이는 아주 조그맣지만 그 존재감만큼은 어마어마한 아이입니다. 독립적이고 호기심이 많으며 돌봐 줄 사람은 필요로 하지 않아요. 누구에게도 속하지 않은 자유로운 존재랄까요.(뿐만 아니라 누구의 기분도 맞춰 주지 않아요.)

꼬마 미이는 몸집이 작아서 꼭꼭 잘 숨습니다. 남몰래 따라다니는 것도 좋아하고요. 만약 꼬마 미이가 스파이를 하면 아무도 못 당할 거예요.

종잡을 수 없는 데다 고집이 센 꼬마 미이는 성격이 아주 사나워요. 그래도 무민이 알아챘듯이, 꼬마 미이는 누구보다 진실한 친구랍니다. 또 항상 착하지는 않지만 그렇다고 꼭 못된 것도 아니지요.

"쓸데없이 일을 벌이지 말고
할 말은 해야죠!"

– 꼬마 미이, '꼬마 미이가 이사 왔어요' 중에서

스너프킨

독립적이고 자유분방한 성격의 스너
프킨은 자연과 벗하는 전원생활을 사랑
합니다. 심지어 집에서 살지 않고 어디든 마음에
드는 곳에 천막을 치고 야영을 한답니다.
스너프킨은 마음 내키는 대로 오고 가기를 좋아해요. 혼자 있는
시간을 즐기고 누구에게도 책임감을 느끼고 싶어 하지 않습니다. 타
고나기를 고독을 즐기는 성격이다 보니, 약간 내성적으로 보일 수도 있습
니다. 특히나 잘 모르는 친구들과는요. 하지만 항상 그런 건 아닙니다. 스너
프킨은 정말 좋은 친구이자 참된 친구이니까요.
특히 오랜 단짝인 무민에게는 말이죠.

*"가끔 한 번씩은 나만의 공간이
필요한 법이거든."*
– 스너프킨, '스너프킨과 공원 관리원 헤물렌' 중에서

'작은 동물들은 모두
꼬리에 장미 모양 리본을 달지'는
스너프킨이 하모니카로 자주 연주하는 곡으로
무민 골짜기에서 가장 인기 있는 노래예요.
그중에서도 꼬마 미이가
제일 좋아하지요!

스니프

스니프는 소심하고 걱정이 많은 편이에요. 괴물이나 컴컴한 지하실처럼 무서운 것들을 떠올리면 불안해서 벌벌 떨지요.* 그런 생각을 하면 갑자기 배가 고파지는 건 또 왜일까요? 스니프는 그 어느 때라도 간식을 거절하는 법이 없어요. 잼이든 수프든 가리지 않지요.

새로운 취미를 시작할 때를 빼면, 스니프는 늘 부와 명예를 꿈꿔요. 스니프의 돈벌이 계획은 한 번도 성공한 적이 없지만, 그다지 신경 쓰지 않는 눈치예요!

사향뒤쥐

사향뒤쥐는 구레나룻이 길고, 사뭇 진지한 표정을 짓고 있습니다. 대부분의 시간을 무민네 집 정원에 있는 그물침대에 누워서 보내지요. 그곳에서 책을 읽거나 삶의 중요한 문제들에 관해 깊이 생각하곤 합니다.

"그 무엇도 진정 중요하진 않아……."
– 사향뒤쥐, '괴물 물고기' 중에서

* '그로크의 밤'을 보면 스니프가 두려움을 이겨 내는 장면이 나옵니다.

스노크메이든

스노크메이든은 변덕스럽게 보일지 몰라도 사실 놀
랍도록 강인한 성격을 지니고 있습니다. 그리고 자신
이 스노크메이든이라는 것에 행복해하지요. 한번은 울부짖
는 유령과 맞닥뜨리자, 유리병 속에 가둔 적도 있답니다!*

"이렇게 많은 옷은 처음 봐…….
매일 새로운 모습으로 바뀔 수가 있어!"

−스노크메이든, '무민 가족의 여름 대소동' 중에서

예쁘게 보이는 건 스노크메이든에게 매우 중요합니다. 패션을 사랑하고,
자신의 긴 속눈썹과 솜털 같은 앞머리를 자랑스럽게
여기지요. 스노크메이든은 무민을 아끼고 사랑
해요. (무민도 스노크메이든을 사랑하고요.)
스노크메이든은 어쩔 수 없는 낭만주
의자랍니다.

스노크메이든은
드라마 같은 사건과
반짝이는 것들을 좋아하지만,
위기가 닥치면 순식간에
현실적으로 변하기도 합니다.

30

* '유령 이야기'에 나오는 내용입니다.

보이지 않는 아이

보이지 않는 아이는 예전에 크나큰 마음의 상처를 받은 적이 있습니다. 하지만 무민 가족과 함께 살면서 점점 자신감을 되찾고, 조금씩 모습이 보이기 시작해요. 그리고 드디어 용기를 내서 말을 합니다. 보이지 않는 아이가 처음으로 한 말 중 하나는 바로 자신의 이름인 '닌니'입니다. *

"닌니! 얼굴이 보여!" (무민)
"방금 딴 완두콩처럼 귀엽게 생겼네!" (무민마마)
– '보이지 않는 아이' 중에서

필리용크 아주머니

필리용크 아주머니는 무민 골짜기에서도 가장 깨끗하고 깔끔한 집에 삽니다. 여러분도 무민마마처럼 아주머니 댁에 들러 차를 마신다면, 아마 빈 잔이 생기기 무섭게 치우는 걸 보게 될 거예요.
필리용크 아주머니는 얼마나 깐깐한지 모릅니다. 무민마마에게 집이 엉망진창이니 가사 도우미를 두라고 충고를 건네기도 하시요. 그 결과는 과히 좋지 않았지만요. **

31

* '보이지 않는 아이'를 보세요.
** 필리용크 아주머니는 '무민마마의 가사 도우미'에서 유난히 더 깔끔하게 굴어요.

무민 가족의
용기와 모험

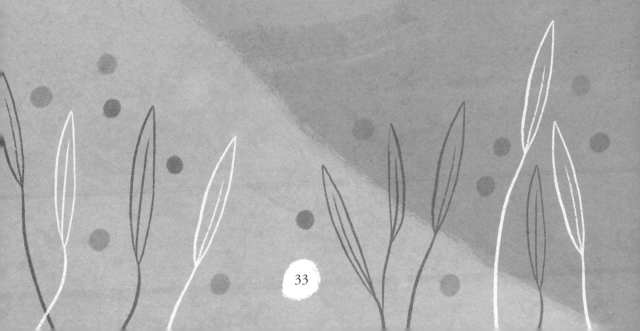

용감한 무민

무민은 타고난 성격이 조심성이 많지만, 위험에 처한 친구를 구하기 위해서라면 무조건 내달릴 거예요. 물론 무민마마가 뒤따라와 준다면 더욱 좋겠지만요.

"폭풍우가 휘몰아치는데 친구를 구하겠다고
바다로 헤엄쳐 나가다니, 도대체 누구지?"

–스노크메이든, '유령 이야기' 중에서

덩굴손이 스멀스멀 뻗어나가며 온 집 안을 뒤덮었을 때, 스노크메이든을 구해 낸 주인공도 무민이었어요.*

또한 유령과 친구가 되자,** 바다로 떠내려갈 위기에 처한 유령을 구하려고 최선을 다합니다. (다행히 다른 가족들과 마찬가지로 바다를 사랑하는 무민은 헤엄을 아주 잘 쳐요.)

기이한 해티패티들을 만났을 때에도 처음에는 두려움을 느끼지만, 왕성한 호기심으로 극복해 내지요.***

*이 영웅적인 이야기는 '괴물 물고기'에 나와요.
** '유령 이야기'에서 유령을 만나 보아요.
***무민은 이 이야기에서 배를 타고 해티패티 섬으로 가게 됩니다.

스니프와
스노크메이든 구조대

스노크메이든은 반짝이는 것에 너무 집착하고 다소 경솔한 면도 있지만, 무민의 목숨이 위험하다는 걸 깨닫는 순간 용기 있는 행동을 보여 줍니다. 바위에 고립된 무민을 구해 내기 위해 한밤중에 홀로 노를 저어 폭풍우가 몰아치는 바다로 나아갔지요.

"스노크메이든, 네가 나를 구하러 왔구나!"
–무민, '유령 이야기' 중에서

스니프에게도 숨겨진 용기가 있습니다. 소심한 친구처럼 보이지만, 그로크를 따돌린 게 바로 스니프랍니다. 스니프의 엉뚱한 생각 중 하나가 마침내 빛을 발한 셈이랄까요. 스니프 덕분에 무민파파와 무민마마가 그로크의 얼어붙은 눈동자를 마주하지 않게 되었으니까요.**

*이 드라마 같은 사건은 '유령 이야기'에서 펼쳐집니다.
**스니프의 용맹스러운 순간은 '그로크의 밤'에서 만날 수 있어요.

용감무쌍한 무민파파

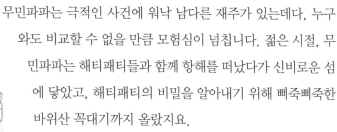

"우리 앞에 망망대해가 놓여 있어!"
—무민파파, '괴물 물고기' 중에서

무민파파는 극적인 사건에 워낙 남다른 재주가 있는데다, 누구와도 비교할 수 없을 만큼 모험심이 넘칩니다. 젊은 시절, 무민파파는 해티패티들과 함께 항해를 떠났다가 신비로운 섬에 닿았고, 해티패티의 비밀을 알아내기 위해 삐죽삐죽한 바위산 꼭대기까지 올랐지요.

두말할 필요도 없이, 무민파파는 용감무쌍합니다. 적어도 두 번은 무민마마를 구해 냈으니까요. 한 번은 바다에서, 또 한 번은 무민마마를 집어삼키려는 덤불 괴물로부터 말이에요.*

* '괴물 물고기'에서 일어나는
이야기입니다.

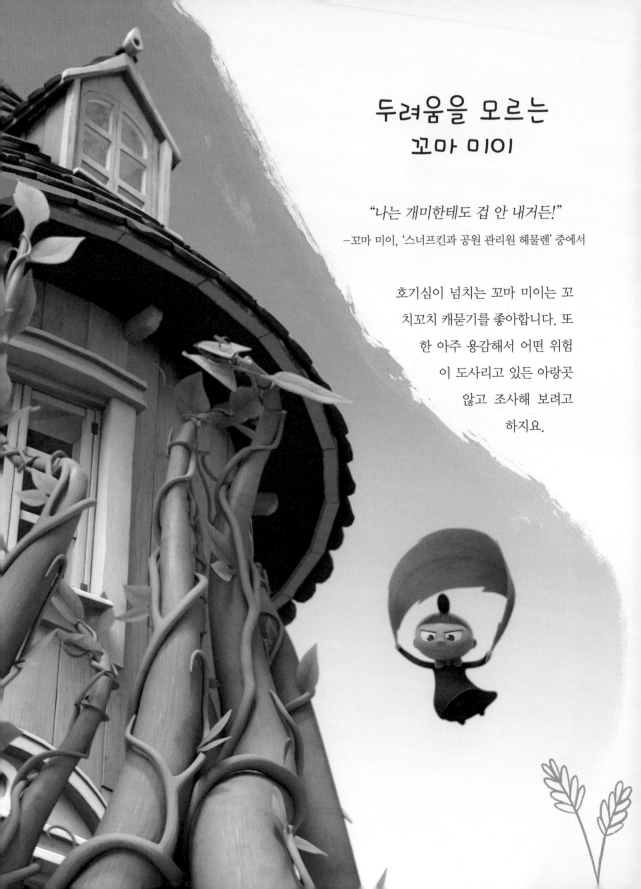

두려움을 모르는
꼬마 미이

"나는 개미한테도 겁 안 내거든!"
–꼬마 미이, '스너프킨과 공원 관리원 헤뮬렌' 중에서

호기심이 넘치는 꼬마 미이는 꼬
치꼬치 캐묻기를 좋아합니다. 또
한 아주 용감해서 어떤 위험
이 도사리고 있든 아랑곳
않고 조사해 보려고
하지요.

언젠가 뱀처럼 스멀스멀 기어온 덩굴이 한쪽 다리를 감싸자 꼬마 미이는 아무렇지도 않게 발로 쿵쿵 밟아 버립니다. 나중에는 덩굴을 피해 나뭇잎을 타고 하늘에서 둥실둥실 내려왔지요.* 꼬마 미이는 아무리 높은 곳도 겁내지 않아요!

난생 처음 해티패티를 만났을 때에도 꼬마 미이는 무서워하기보다는 엄청난 호기심을 느낍니다. 꼬마 미이는 뭐든 한 번은 도전해 보지요. 빛을 내는 해티패티를 건전지 대신 쓰겠다며 손전등 속에 집어넣은 일도 있답니다.**

두려움을 모르는 꼬마 미이가 옆에 있다면 기대하세요. 언제 어디서 생각지도 못한 일이 벌어질지 모르니까요.

* '괴물 물고기'에서 일어나는 이야기입니다.
**이 이야기는 '해티패티 섬'에 나옵니다.

무민 가족의 집

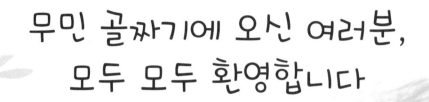

무민 골짜기에 오신 여러분,
모두 모두 환영합니다

"무민 골짜기는 세상에서 제일 멋진 골짜기야."
—무민, '혜성이 다가온다' 중에서

무민 골짜기는 무민 가족이 자연과 더불어 조화
롭게 살아가고 있는 목가적이고도 평화로운 곳입니다.
'외로운 산'에서 내려다보이는 무민 가족의 집은 숲으로
둘러싸인 골짜기 한가운데에 아늑하게 자리를 잡
고 있어요. 파랗고 높다란 집으로 벽은 둥그렇
고 지붕은 따뜻한 느낌의 빨간색이지요. 정
원 맨 아래쪽으로는 작은 개울이 졸졸 흐
르고, 그 위로는 작은 다리 하나가 놓여 있
답니다.

무민 가족은 누가 찾아와도 언제나 따뜻
하게 맞아 줍니다. 손님들은 골짜기를 가로
지르는 조그만 오솔길로 오고가지요. 이곳에서
는 늘 재미난 일이 벌어진답니다.

무민은 인자한 부모님에게 친구들을 소개하는 걸 좋
아해요. 무민마마는 손님이 찾아오면 언제라도 커피 한
잔을 대접하지요. (무민들은 커피를 아주 좋아해요.)

스니프나 꼬마 미이, 사향뒤쥐 같은 친구들은 왔다
가는 손님이 아니라 그냥 머무르며 한 가족처럼 지낸
답니다.

무민 가족의 집은 각진 모서
리나 가장자리가 없는 높다란
원통형으로, 무민 가족과도 조
금은 닮아 보여요.

무민파파가 직접
지은 집이랍니다!

무민 가족의 집을 소개합니다

무민 가족의 집은 원래 이층집이었는데 워낙 많은 친구들이 찾아와 머물다 보니 비좁게 느껴지기 시작했어요. 무민파파가 연장을 다루는 솜씨가 아주 좋아서 가족들은 집을 확장하기로 합니다. 지금은 베란다와 지하실까지 갖춘 삼층집으로, 무민 골짜기에서 가장 높은 건물이랍니다.

무민파파는
하늘빛 방에서 자신이 살아온
젊은 날의 이야기를 담은
묵직한 회고록을 써요.

무민의 방에는
숨겨진 뒷문도 있어요.
줄사다리를 타고 창문으로
들어갈 수도 있고요!

부엌은 무민 가족의 집에서
가장 중요한 공간이에요.
부엌에 가면 팬케이크를 요리 중인
무민마마를 종종 만날 수 있답니다.

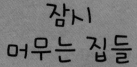

잠시 머무는 집들

집을 사랑하는 무민 가족이지만, 어쩔 수 없이 아늑한 집을 두고 떠나야만 할 때도 있었습니다. 무민 골짜기에 홍수가 나자, 무민 가족은 지붕 꼭대기로 몸을 피했다가 둥둥 떠내려가는 낡은 극장 위로 뛰어내렸지요. 무민 가족은 이러한 갑작스러운 상황에도 별로 낙담하지 않습니다.(뿐만 아니라 무대 쥐 엠마라는 새 친구까지 사귀지요.) 홍수로 불어났던 물이 줄어들자, 다행히 가족들이 사랑하는 옛 집이 발견됩니다. 무민 가족은 그제야 안도의 한숨을 내쉬며 마음껏 기뻐하지요.*

"정말 멋진 집이었잖니. 하지만 살다 보면
이런 일들은 일어나기 마련이란다.
절대 위험에 빠지지 않는 삶도 있겠지만,
그거야말로 얼마나 우울하고 답답하겠니!"

–무민마마, '무민 가족의 여름 대소동' 중에서

스너프킨은 집에 있으면 갑갑한 느낌이 들어서 밤마다 야영을 합니다. 천막을 세우고 모닥불을 피워 수프를 데우지요.

46

어느 겨울, 겨울잠에서 일찍 깨어난 무민은 집 밖으로 나가 꽁꽁 얼어붙은 세상을 바라봅니다. 친절하고 지혜로운 투티키도 만나고요. 해마다 무민 가족이 쿨쿨 겨울잠을 자는 사이, 투티키가 부두 옆 물놀이 오두막에 머물며 겨울을 난다는 사실을 알게 됩니다.**

밈블 아주머니는 무민과 꼬마 미이가 새 집을 지어 주자 뛸 듯이 기뻐합니다. 거북 등 위에 지은 집이었지요! 신이 난 밈블 아주머니와 꼬마 밈블들은 바다를 향해 나아가요. 움직이는 거북 집을 타고서 말이죠.***

"항상 세상 구경을 하는 게 소원이었는데. 잘들 계세요!
저를 너무 보고 싶어 하지는 마시고요……."
—밈블 아주머니, '꼬마 미이가 이사 왔어요' 중에서

47

* '무민 가족의 여름 대소동'에 나옵니다.
** '한겨울의 조상님'을 보세요.
*** '꼬마 미이가 이사 왔어요'에 나오는 이야기입니다.

무민 가족의 여행길

무민의
바다 여행

"바다가 부르는 소리가 들려."

−무민파파, '그로크의 밤' 중에서

무민 가족은 바다를 사랑합니다. 물놀이 오두막 근처 부두에 묶어 놓은 무민 가족의 배, 모험호를 타고 날씨가 좋든 궂든 항해하기를 아주 좋아하지요. 무민파파가 제일 좋아하는 이야기 중 하나가 무민과 함께 모험호를 타고 바다로 나가 마멜루크를 잡은 이야기랍니다!* 마멜루크는 칠대양을 휘젓고 다니는 물고기 가운데 가장 거대하답니다.

*'괴물 물고기'에서 벌어지는 이야기예요.

"우리 진짜 뱃사람들의 모험을 떠나 보지 않을래?"

―무민, '해티패티 섬' 중에서

그밖에 싱거운(그리고 때로는 뜻밖에 떠나게 된) 무민들의 항해

* 무민과 스노크메이든은 우연히 모험호를 타고 바다로 나갔다가
  수수께끼의 해티패티 섬에 다다랐어요.

* 무민 가족은 대홍수가 일어나자 물 위를 둥둥 떠다니는 집을 임시로 구하게 됩니다.

* 무민은 친구가 된 유령을 구하려다가 바다에 고립되었어요.
  그래서 도리어 자신이 구조를 받아야 할 처지에 놓였지요.**

**물론 무민을 구해 낸 주인공은
스노크메이든이었어요. 이 이야기는
'유령 이야기'에 나옵니다.

스너프킨의 여행

해마다 스너프킨은 늦가을이 되면 무민 골짜기를 떠나 긴 여행길에 오릅니다. 그러다 따뜻한 새봄의 첫날이 되면 어김없이 골짜기로 되돌아오지요. 스너프킨은 필요한 물건은 모조리 배낭 속에 가지고 다녀요. 그중엔 하모니카도 있는데 산길을 걸으며 연주하기를 좋아하지요.

무민은 자신의 오랜 친구를 무척 그리워합니다. 그리고 둘만의 특별한 만남의 장소인 집 근처 다리에서 스너프킨을 애타게 기다리지요.* 스너프킨이 다가오는 소리가 들리면 기뻐서 어쩔 줄 모른답니다!

스너프킨은 무민 골짜기를 떠날 때마다 무민에게 특별한 작별 편지를 써요. 무민에게 힘을 내라며 집 우편함에 두고 가지요.

* '마지막 용'에서 무민은 이렇게 스너프킨을 기다려요.

"이번 봄노래는 뭐랄까 좀 새로워.
첫 소절에는 부푼 기대감이,
가운데 두 소절에는 봄날의 서글픔이,
끝 소절에는 홀로 걸을 때 느끼는
크나큰 즐거움이 담겨 있거든."

—스너프킨, '봄노래' 중에서

화산으로

어느 날, 무민 골짜기에서 우르릉거리며 화산이 폭발하기 시작했습니다. 화산재 구름이 해를 가리고 뜨거운 돌덩이들이 우르르 쏟아져 내렸지요. 심지어 무민 가족의 집에도 돌덩이가 떨어졌어요! 다행히 아무도 다치지는 않았지만 지붕에는 큼직한 구멍 하나가 뻥 뚫렸답니다. 위험을 알려주려고 무민과 스노크메이든, 그리고 스니프는 스너프킨을 찾아 길을 떠났어요. 한편 스너프킨은 조그마한데도 너무너무 뜨거운 불의 요정을 만납니다. 길 잃은 불의 요정을 화산 집까지 데려다주고 싶어 했지요. 마침내 한데 모인 친구들은 장대를 타고 이글거리는 비탈길을 위태롭게 가로질러 갑니다.*

*이 흥미진진한 사건은 '불의 요정'에서 벌어져요.

"성큼성큼 걸으면 불의 요정을 집에 데려다주고도
간식 시간에 늦지 않게 돌아갈 수 있어."

—스너프킨, '불의 요정' 중에서

천하태평 무민 가족

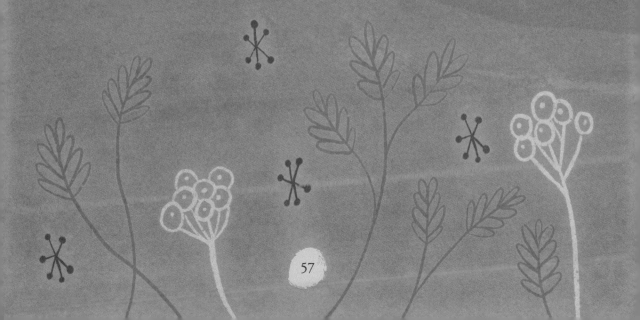

뜻밖의 일들도 기꺼이

무민 가족은 좋은 일이 생기면 축하하며 춤추는 걸 아주 좋아합니다. 하지만 그보다 중요한 건 생각지도 못한 일들을 끌어안을 줄 알고, 살다 보면 '나쁜 일'이 일어날 수 있다고 흔쾌히 받아들인다는 점이에요. 그리고 진짜 나쁜 일이 생기면 씩씩하게 극복해 내지요.

무민 가족은 모든 일을 뜻대로만 하려고 하지 않고, 오히려 뜻밖의 사건도 있는 그대로 받아들입니다. 이처럼 무민 가족은 삶의 소소한 것들 속에 숨겨진 진짜 의미를 찾으려고 합니다.*

* '무민 가족의 여름 대소동'에서 집이 떠내려갔을 때도 무민은 긍정적으로 생각하는 법을 배워요.

아무리 그래도 무민들의 파티란 언제든 즐거운 법이죠!
즉흥적으로 벌이는 파티의 중심은 뭐니 뭐니 해도 음식입
니다. 그중에서도 최고는 무민마마가 손수 만든 맛좋
은 케이크예요. 돼지 모양 마르지판도 인기가 많답니
다! 스니프는 마르지판만 보면 참지 못하고 자꾸
만 손을 대지요!

스노크메이든은
파티를 아주 좋아해요.
앞머리를 예쁘게 빗고
제일 멋진 장신구로 몸을 단장하지요.
빨리 무민과 춤을 추고 싶어
안달이랍니다!

"거기 있었군요, 여보.
이제야 진짜로 파티를
시작할 수 있겠네요!"

−무민파파, '무민마마의 가사 도우미' 중에서

꼬마 미이는
말썽꾸러기

꼬마 미이는 무민 골짜기를 통틀어 최고의 장난꾸러기입니다. 난리 법석을 즐기다시피 하니까요! 에너지가 넘쳐서 틈만 나면 물구나무에, 폴짝폴짝 달리고, 통통 뛰어다녀요. 꼬마 미이는 완전 예측불가예요. 도무지 종잡을 수가 없지요. 꼬마 미이는 그렇게 사는 걸 좋아해요. 가끔 한 번씩은 심장이 쿵 내려앉게 만들지요. 매번 놀라게 하는 건 기본이고요.

말썽꾸러기 꼬마 미이는 장난이든 놀이든 우스갯소리든, 기발한 아이디어가 넘쳐요. 몰래 숨어 있다 와락 뛰쳐나오는 걸 좋아하지요. 찻주전자에서 갑자기 꼬마 미이의 머리가 쏙 튀어나와도 너무 놀라지 마세요! 꼬마 미이의 천하태평한 성격의 비결은 다른 사람들의 생각 같은 건 아예 무시하는 거예요. 남들이 자기를 어떻게 생각하든 눈썹 하나 까딱 않거든요. 그래서 마음껏 말썽을 일으키지요!

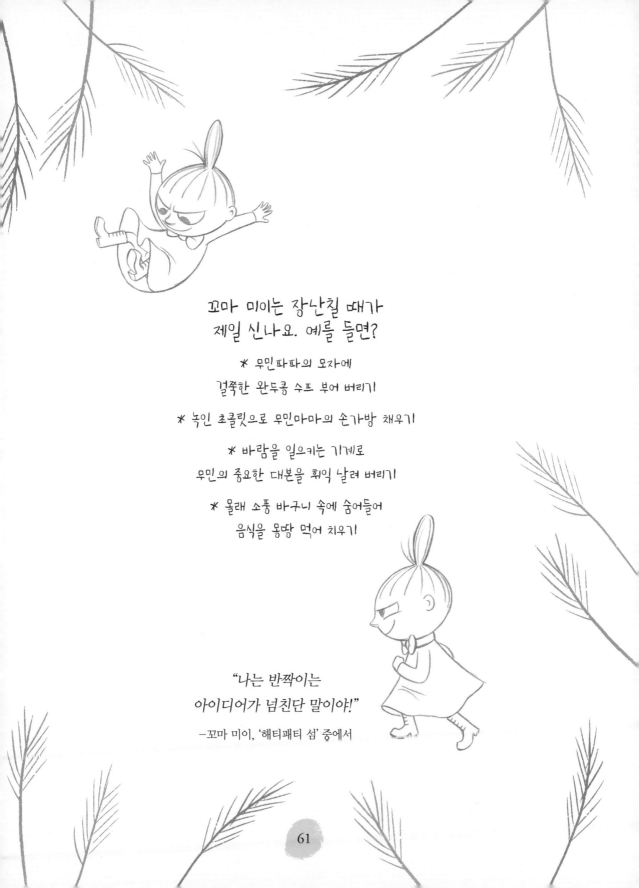

꼬마 미이는 장난칠 때가
제일 신나요. 예를 들면?

＊ 무민파파의 모자에
걸쭉한 완두콩 수프 부어 버리기

＊ 녹인 초콜릿으로 무민마마의 손가방 채우기

＊ 바람을 일으키는 기계로
무민의 중요한 대본을 휘익 날려 버리기

＊ 몰래 소풍 바구니 속에 숨어들어
음식을 몽땅 먹어 치우기

"나는 반짝이는
아이디어가 넘친단 말이야!"

－꼬마 미이, '해티패티 섬' 중에서

61

마법의
무민 골짜기

한여름의 마법

무민 골짜기는 마법의 장소예요. 이상하고도 특별한 일들이
종종 벌어지는 것도 그 때문이지요.

무민 골짜기의 한여름은 일 년 중 가장 중요하고도
마법 같은 시간이에요. 한여름 축제 전날 밤이면
골짜기 곳곳에서 다가오는 여름을 축하하기 위해
모닥불을 피우지요.

어느 여름날 저녁, 스너프킨은 꼬마 미이에게
아주 특별한 광경을 보여 줍니다. 바로 해
티패티가 태어나는 모습이었죠. 스너프킨
이 공원에 하얀 씨앗 한 줌을 뿌리자 땅에
서 작고 하얀 머리들이 톡톡 튀어나오더
니 이내 작은 앞발과 대롱처럼 생긴 길쭉
한 몸이 자라났어요. 얼마 지나지 않아 공원은 바스
락거리는 수백 개의 해티패티들로 가득 차지요. 공원 관
리원은 큰 충격에 빠졌고요!*

"한여름 축제 전날 밤에 뿌려진 씨앗들만
해티패티로 자라나……. 그게 바로 오늘밤이야!"
–스너프킨, '스너프킨과 공원 관리원 헤물렌' 중에서

어느 한여름 축제 전날 밤, 공원을 지나던 스노크메이든과 무민은
누군가 모닥불을 준비해 둔 걸 보고 기뻐합니다. 둘은 당연히 땔감에
불을 붙이지요. 그런데 안타깝게도 그건 모닥불용 땔감이 아니라 공원 관
리원이 던져 둔 나무 푯말 무더기였고, 화가 난 공원 관리원은 둘을 감옥
에 집어넣습니다. 하지만 다행히도 금방 풀려나지요.*

한여름 축제날 밤에는
작은 숲속 동물들도
저마다 나뭇가지들을 모아서
조그만 모닥불을
피운답니다.

* '스너프킨과 공원 관리원 헤물렌'에서 일어나는 이야기예요.

눈에 보이지 않는 것들

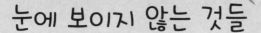

무민 가족은 지혜롭고 현실적
이지만, 세상 모든 것들을 쉽게 설
명할 수는 없다는 사실을 순순히 인정합니다. 무
민 골짜기에서는 수수께끼 같은 일들이 삶의 일부니까요.
어느 겨울, 물놀이 오두막으로 투티키를 찾아간 무민은 좀 신기한
친구들을 알게 됩니다. 투티키와 함께 사는 친구들은 보이지 않는 작
은 뒤쥐들이에요. 뒤쥐들은 상을 차리고 수프를 휘휘 젓고, 발이 축축
해진 무민을 위해 보송보송한 양말까지
가져다줍니다. 무민은 접시와 숟가
락, 그리고 양말이 공중을 둥둥
떠다니자 자기도 모르게 뚫어져
라 쳐다보지요!*

설명하기 힘든 일들이 생기면
무민마마는 할머니 무민의 낡은 공책을 펼쳐서
가족들에게 약을 지어 준답니다….**
무민마마 할머니의 공책에는 마법과도 같은
가정 치료법이 빼곡하게 적혀 있어요.

66

* '한겨울의 조상님'에서 볼 수 있는 —아니 볼 수 없다고 해야 할
까요— 이야기입니다.
** '황금빛 이야기'에서 무민마마는 무민에게 약을 지어 먹여요.

무민의 황금빛 꼬리털

무민마마가 털이 숭숭 빠져 버린 무민의 꼬리를 낫게 하려고 할머니 무민의 물약을 한 숟가락 먹이자, 신기한 일이 일어났어요. 밤새 황금빛 꼬리털이 자라난 거예요!* 정말 아름다운 꼬리털이었지요.

애석하게도 무민의 황금빛 꼬리털은 오래가지 않았습니다. 무민은 황금빛 꼬리털이 그리웠지요. 가족들은 무민은 무조건 특별한 존재라며 다독여 주었답니다.

*"우린 있는 그대로의 네 모습이 좋아.
그리고 우리만 그런 건 아니란다……."*

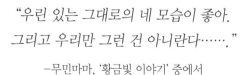

−무민마마, '황금빛 이야기' 중에서

* '황금빛 이야기'에서 볼 수 있어요.

뜻밖에
닥친 사건들

대홍수

적응력이 뛰어난 무민 가족은 갑작스레 닥쳐온 사건들을 덤덤하게 받아들이고 그 어떤 상황도 잘 대처해 보려고 노력합니다. 제아무리 괴상한 일이라 해도요.

"정말 아름다운 재앙이야!"

−꼬마 미이, '무민 가족의 여름 대소동' 중에서

어느 여름, 엄청난 폭풍우가 몰아친 다음날 아침, 무민이 현관문을 열자 거대한 물살이 집 안으로 거침없이 쏟아져 들어왔습니다. 무민 골짜기에 홍수가 닥쳤던 거예요!

계단을 헤엄쳐 올라간 무민은 이층에서 가족들을 발견했어요. 물이 점점 차오르자 가족들은 다함께 지붕 위로 기어올라갔고, 급기야 둥둥 떠다니는 극장을 발견하자 얼른 뛰어내려 몸을 피합니다.*

무민 가족은 이 신기하고 새로운 곳이 제법 편안하게 느껴졌습니다. 특히 무민마마는 되도록이면 모든 것을 집처럼 아늑하고 편안하게 만들어 보려고 애를 썼지요.

"정말 멋진 집이었잖니.
하지만 살다 보면 이런 일들은 일어나기 마련이란다."

−무민마마, '무민 가족의 여름 대소동' 중에서

무민은 뛰어난 헤엄 실력 덕분에
몇 번이나 목숨을 구했어요.
깊은 바다 속에서 괴물 물고기한테 끌려갈 때는
더더욱 그랬지요!**

*'무민 가족의 여름 대소동'에 자세히 나와요.
**이 극적인 사건은 '괴물 물고기'에서 벌어집니다.

덩굴 괴물의 날

배를 타고 나간 무민파파와 무민이 나무 상자 속에 들어 있던 평범해 보이는 씨앗들을 가지고 돌아온 뒤, 아주 놀라운 일이 벌어졌습니다. 무민마마가 심은 씨앗들이 쑥쑥 덩굴로 자라나 순식간에 집을 삼켜 버린 거예요. 어느새 무민 가족의 집은 바스락거리는 뿌리와 잎들로 가득한 초록빛 정글이 되고 말았지요!

설상가상, 무민 가족은 벌레잡이 식물인 덤불 괴물의 공격에 끙끙거리며 지붕 위로 기어올라야만 했어요.*

"우리는 모두 지붕 위로 올라갔지.
그런데 벌레잡이 식물은 식구들을 쉽게
보내 줄 생각이 없었어. 이제 끝났구나 싶었지."

–무민파파, '괴물 물고기' 중에서

무민파파와 무민은
이 극적인 하루에 대해 몇 번이고
이야기하는 걸 아주 좋아해요.
구체적인 부분은 살짝 의견이 엇갈리지만,
사실 그건 중요하지 않아요.
무민 가족은 그저 이야기가
좋을 뿐이니까요!

73

* '괴물 물고기'에 나와요.

무슨 일이 벌어져도
걱정 없어요

생각지도 못한 대홍수가 일어났지만, 무민 가족은 어처구니없는 상황에 재빨리 적응합니다. 잃어버린 옛집에 미련을 두기보다는, 임시로 머물게 된 새로운 피난처, 물 위를 떠다니는 극장에 자리를 잡으려고 하지요.*
사교적이고, 친절하며, 새로운 친구들을 만나는 일에 관심이 많은 무민 가족은 그 극장에 아직 무대 쥐 엠마가 살고 있다는 걸 알게 됩니다. 가족들은 엠마의 까다로운 성격을 요령껏 모른 척하며, 차츰 엠마를 알아 가기 시작해요. 결국 엠마의 도움으로 무민 가족은 난생처음 연극 공연을 하게 되지요.
얼마 지나지 않아 불어난 물이 가라앉기 시작했고, 나무와 언덕이 다시 모습을 드러냅니다. 마른 땅에 닿고 보니, 그곳엔 사랑하는 옛집이 있지요. 축축하지만 당당히 제 자리를 지키면서요.

"모든 건 너무나 불확실해.
하지만 난 그것 때문에 힘이 나."

–투티키, '한겨울의 조상님' 중에서

언젠가 무민이 한겨울에 갑자기 깨어난 적이 있어요. 온 식구들은 쿨쿨 깊은 겨울잠에 빠져 있는데 말이에요.** 눈으로 뒤덮인 무민 골짜기를 처음으로 본 것은 바로 그때였어요. 믿기지 않을 정도로 아름다웠지요. 아주 추웠고요! 무민은 눈이 만들어 낸 신기한 모습을 바라보며 바들바들 떨었어요. 그러면서도 겨울은 놀라우리만치 아름답다고 생각했답니다.

75

* '무민 가족의 여름 대소동'에 나와요.
** '한겨울의 조상님'에서 무민은 일찍 겨울잠에서 깨어나요.

규칙을 만드는 이들과
어기는 이들

헤물렌

공식적인 건 아니지만, 무민 골짜기의 규칙
을 만드는 이들은 헤물렌입니다. 조직적이고,
현실적이며 항상 원칙을 고집하지요. 정확한 사실
과 수치는 헤물렌들을 지탱하는 힘이에요. 무민 골짜
기에서 진지함과 책임감이 필요한 일들을 헤물렌들이 주로 도맡
는 것도 바로 그 때문이지요.

무민 가족이 때 이른 한여름 축제 모닥불을 피웠다는 걸 알고 소방관 헤물
렌은 후닥닥 불을 꺼 버렸습니다. 그러곤 무민 가족에게 규칙을 어겼다며
한바탕 호통을 쳤지요.*

"이렇게 빨리 불을 피우는 건
불법이라는 걸 잘 아실 텐데요."

−소방관 헤물렌, '꼬마 미이가 이사 왔어요' 중에서

78

스너프킨은 지나
가던 헤물렌 아저씨
에게 작은 용 한 마리를 건
넵니다. 헤물렌이라면 잘 돌봐
줄 거라는 걸 잘 알고 있으니까요.
헤물렌들은 누구도 원치 않는 책임을 종종
떠맡기도 하거든요.** 무민파파는 이 사실을 누구보다 잘 알고 있습니다. 어
린 시절 고아원에서 헤물렌 아주머니의 보살핌을 받고 컸으니까요.
그런데 감옥을 책임지는 경찰 헤물렌 아주머니만은 다른 헤물렌들과 다릅니
다. 경찰 헤물렌 아주머니는 남들을 가두는 자신의 일이 전혀 즐겁지가 않
아요. 차라리 하루 종일 뜨개질을 하거나 이런저런 상상을 하는 걸 훨씬
좋아하지요. 철두철미하고 권위적인 공원 관리원
헤물렌과는 정반대랍니다.***

헤물렌들은 대개
무민들보다는 키가 더 크고
엄숙한 얼굴이지만
둥그런 코는 서로 닮았어요.
또 헤물렌들은 항상
옷을 입고 다녀요.

* '꼬마 미이가 이사 왔어요'에서 나와요.
** '마지막 용'에서 자세히 나와요.
*** 이 권위적인 헤물렌은 '스너프킨과
 공원 관리원 헤물렌'에 등장해요.

꼬마 미이만의 규칙

"내 이름은 꼬마 미이지만,
그렇다고 꼬마는 아니거든."

─꼬마 미이, '꼬마 미이가 이사 왔어요' 중에서

무민 골짜기에 사는 작고 작은 친구들 가운데에서도, 온갖 규칙을 깡
그리 무시하는 건 꼬마 미이를 따라갈 수가 없어요. 천방지축 제멋대
로인 밈블 꼬마들 중 한 명이라는 걸 떠올려 보세요. 막무가내로 무민네
집에 들이닥친 말썽꾸러기 꼬마 밈블들은 짓궂은 장난으로 가엾은 무민파파
를 괴롭힌 적도 있답니다.*

꼬마 미이는 살금살금 남의 뒤를 밟는 걸 좋아합니다. 특히 무민을 졸졸 따라다니지요. 아무렇지도 않게 열쇠구멍으로 훔쳐보고, 남의 대화를 엿듣고, 남들은 감히 생각지도 못하는 일들을 벌이기도 합니다. 무민파파의 모자 속에 완두콩 수프를 주르르 부어 버리는 일처럼 말이죠!** 해티패티를 손전등의 건전지로 쓰기도 하고요!***

스너프킨은 사소한 규칙 같은 건 본능적으로 싫어합니다. 때문에 공원에 새로 생긴 수많은 팻말들을 발견하자 남김없이 떼어내 버려요. 보나마나 엄격한 공원 관리원 헤뮬렌이 붙여 놓은 팻말들이지요.

* '꼬마 미이가 이사 왔어요'에 나와요.
** 이 사건 역시 '꼬마 미이가 이사 왔어요'에 나와요.
*** 이 사건은 '해티패티 섬'에서 벌어집니다.

무민 가족의
반짝이는 아이디어들

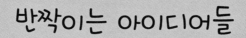

반짝이는 아이디어들

* 길 잃은 불의 요정을 화산으로 되돌려 보내려 하지만,
활활 타는 땅바닥이 너무 뜨거워서 걸을 수가 없었어요.
그때 스너프킨은 완벽한 해결책을 생각해 내지요.
나뭇가지로 장대를 만드는 거예요.*

* 기이하고도 고독한 그로크를 돌려보내려면
어떡해야 좋을지는 아무도 모릅니다.
이번에는 무민이 좋은 방법을 생각해 내지요.
그로크가 불빛에 이끌린다는 걸 알고 통나무
위에 손전등을 올려 바다 쪽으로 밀어냅니다.
손전등 불빛을 쫓아 나직이 그르렁거리며
물속으로 들어가는 모습이
그로크의 마지막이었어요.**

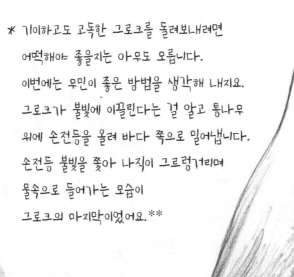

* 무민이 또다시 기상천외한 아이디어로
스너프킨을 도와줍니다. 스너프킨은
공원 관리원 헤물렌의 푯말을 망가뜨린 벌로
'엄격하게 금지함'이라는 문구를
오천 번이나 써야 했거든요.
무민은 그림 그리는 걸 좋아하는 우디들이
거들어 주면 좋겠다고 부탁하지요.
덕분에 뚝딱 해치울 수 있었답니다.

* 무민은 공원 관리원 헤물렌과 경찰 헤물렌 아주머니가
직업을 바꾸면 어떻겠느냐고 제안하기도 해요.
그리고 기막히게 좋은 결과를 얻었지요! ***

* '불의 요정'에 나와요.
** '그로크의 밤'에서 나와요.
*** 마지막 두 사건은 '스너프킨과 공원 관리원 헤물렌'에서 벌어집니다.

✱ 대홍수 때 무민 가족이 머물던 극장이 소용돌이에 휩쓸리자,
무민은 기발한 생각을 해요.
극장을 배로 바꾸는 거지요! 엠마가 해군 제독 모자를 쓰고
명령을 내리자, 꼬마 미이가 바람을 일으키는
장치를 작동시켰고, 다같이 나무 숟가락을 이용해
노를 저었지요. 무민 가족은 정신 없이 노를 저어
소용돌이 속으로 빨려 들어가는 걸 막아 냈어요.✱

✱ 해티패티 섬에서 해티패티들이 다가오는 게 해치려는 목적이
아니라는 걸 깨달은 것도 무민입니다.
해티패티들은 단지 기압계를 돌려받고 싶을 뿐이었지요.
무민은 기압계를 용감하게 제자리에 되돌려 놓아요.✱✱

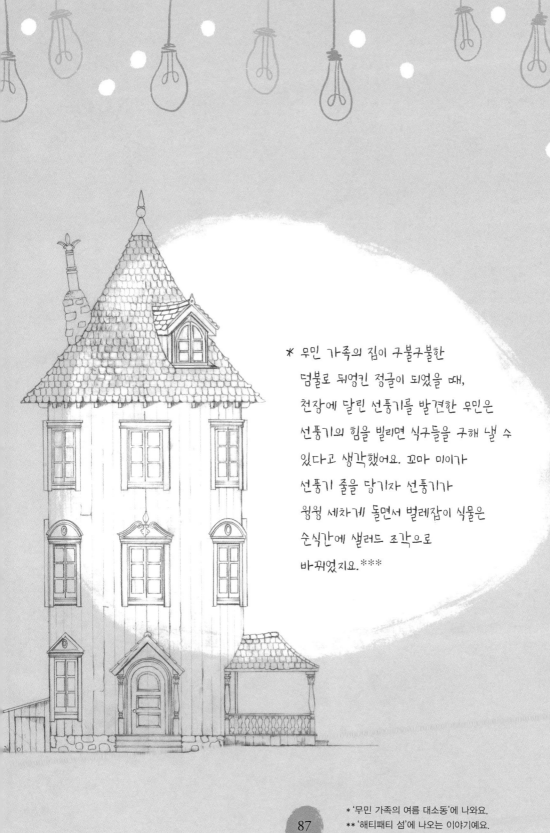

* 무민 가족의 집이 구불구불한
  덤불로 뒤엉킨 정글이 되었을 때,
  천장에 달린 선풍기를 발견한 무민은
  선풍기의 힘을 빌리면 식구들을 구해 낼 수
  있다고 생각했어요. 꼬마 미이가
  선풍기 줄을 당기자 선풍기가
  윙윙 세차게 돌면서 벌레잡이 식물은
  순식간에 샐러드 조각으로
  바꿔었지요.***

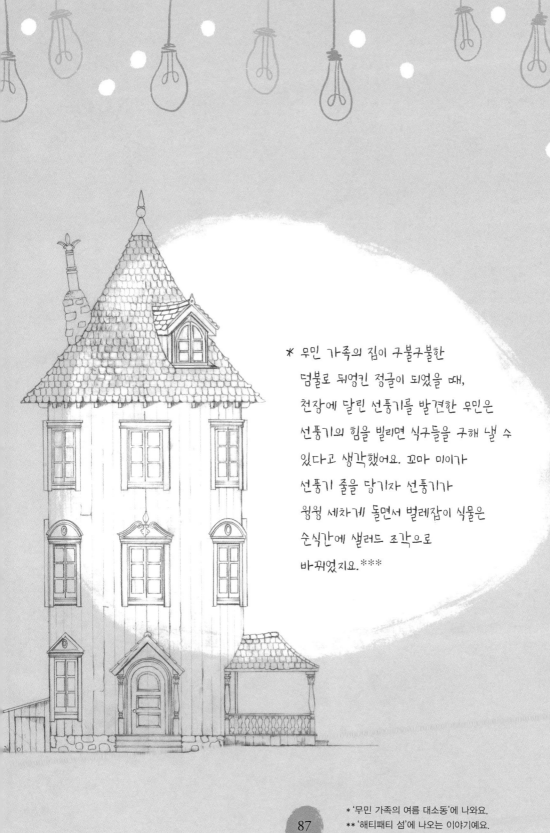

87

* '무민 가족의 여름 대소동'에 나와요.
** '해티패티 섬'에 나오는 이야기예요.
*** '괴물 물고기'에서 나와요.

매우 쓸모 있는 물건들

무민마마의 치료책

이 유용한 책은 무민마마의 할머니로부터 물려받은
책으로 지금은 부엌 선반에 보관 중입니다. 이 책에는 온갖
다양한 약들의 제조법이 적혀 있기 때문에 웬만한 병은 치료가
가능해요. 심지어 이런 특이한 병들도 고칠 수 있답니다.

＊일주일 내내 재채기가 멈추지 않는 병

＊배에 가스가 차는 병

＊숭숭 꼬리털이 빠지는 병

무민 가족의 자명종

이 자명종은 계절별로 작동하며 봄, 여름,
가을, 겨울을 표시해 줍니다. 겨울잠에서 깨어날
때를 알아야 하는 무민 가족에게는 없어서는
안 될 필수품이지요.

스너프킨의 배낭

스너프킨은 여행을 떠날 때 자신의 믿음직스러운
초록색 가방을 꼭 챙깁니다. 배낭 속에는 천막과 하모니카
같은 다양한 필수품들이 들어 있어요. 다행히 스너프킨은
가볍게 여행하는 걸 좋아한답니다.

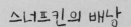

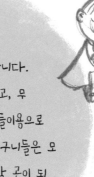

무민 가족의 바구니

무민 골짜기에서는 갖가지 바구니를 사용합니다. 무민은 다양한 연장을 담은 바구니를 갖고 있고, 무민마마는 반짇고리 바구니를 무척 좋아하지요. 나들이용으로는 온 가족이 소풍 바구니를 나눠 씁니다. 이 바구니들은 모두 꼬마 미이에게 완벽한 숨을 장소이자 잠잘 곳이 되어 주지요.

화상 방지 기름

스너프킨이 아주 작고 뜨거운 불의 요정을 구해 주다가 신기한 기름을 발견했어요. 이 마법의 기름을 바르면 어떤 종류의 열이나 화상도 다 막아 낼 수 있어요.*

손전등

무민 가족이 어둠 속에서 길을 잃지 않으려고, 밤이 되면 반드시 챙기는 물건입니다. 무민은 그로크가 부모님에게 다가가지 못하도록 손전등을 이용해 교묘하게 관심을 돌렸지요.**

*화상 방지 기름은 '불의 요정'에서 사용됩니다.
**손전등은 '그로크의 밤'에서 볼 수 있어요.

친절한
무민 골짜기

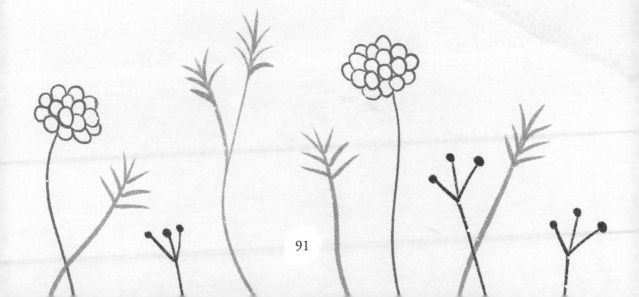

낯선 친구들도 도와줘요

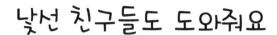

크리프라고 불리는 작고 수
줍음 많은 동물이 스너프킨을 쭈
뼛쭈뼛 따라온 적이 있습니다. 크리
프는 스너프킨더러 자기한테 어울리는
이름을 하나 지어 줄 수 없겠느냐며 소심하
게 부탁했어요. 스너프킨은 골똘히 생각한 끝에
'티티우'라는 이름을 생각해 냈지요.
어엿한 이름이 생긴 티티우는 드디어 남과 다른 특별함
을 지니게 되었습니다. 자신만의 개성을 찾은 티티우는
친구들과 함께 꽤 분주하고 행복하게 지낸답니다.*
스너프킨은 길 잃은 불의 요정도 딱하게 여겨서 요정을 화산 집
으로 돌려보내기 위한 위험한 여정을 시작합니다. 불의 요정은 너무 고마
운 마음에 화산 분출물을 이웃한 섬으로 옮겨 주었고, 덕분에 무민 골짜
기는 무사해졌지요!**

> "친절은 들불처럼 퍼져 나가지.
> 우리는 그냥 성냥을 긋기만 하면 돼."
>
> −스너프킨, '불의 요정' 중에서

불의 요정은 무민 골짜기의
화산 속에 살아요.
화산이 폭발하자, 요정들은 물속에 빠져
바다 유령으로 변해요.

* '봄노래'에서 나오는 이야기예요.
** 이 흥미진진한 사건은 '불의 요정'에서 펼쳐져요.

보이지 않는
아이의 원래 이름은
닌니예요.

투티키는 보이지 않는 아이가 차갑고 인정머
리 없는 후견인 아줌마로부터 벗어날 수 있
게 도와줍니다. 투티키는 보이지 않는 아이의 손목에 줄을 묶어
무민네 집으로 데려와요. 친절한 무민 가족은 보이지 않는 가엾은
닌니를 정성껏 보살펴 주지요. 덕분에 닌니는 자신감을 되찾고 다시
모습이 보이게 되었답니다.***

무민마마는 뒤죽박죽인 가사 도우미 미자벨을 도와줍니다.
미자벨이 울음을 터뜨리자, 무민마마만의 특별한 포옹으
로 위로해 주지요. 무민마마는 미자벨에게 필리용크
아주머니 댁으로 가서 살면 어떻겠느냐고 넌지
시 말해 보는데, 그 제안은 효과만점이었어
요. 미자벨과 필리용크 아주머니는 완벽한
짝을 이루었답니다.****

93

***이 감동적인 이야기는 '보이지 않는 아이'에 나와요.
****'무민마마의 가사 도우미'에서 벌어지는 이야기예요.

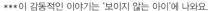

친절한 무민

무민은 밤에 자기 방에 나타난 유령을 도와준 적
이 있습니다. 유령은 절망에 빠져 있었어요. 처음에
는 무민도 겁에 질렸지만 유령이 다정한 친구라는 걸 금세
깨달았지요. 무민은 유령이 겁주는 실력을 잘 길러서 보다
훌륭한 유령이 될 수 있게 도움을 줍니다.*

"나는 온 세상에서
가장 끔찍한 유령이야.
세상 모든 유령들의 수치라고."

–유령, '유령 이야기' 중에서

때로는 무민도 도움
이 필요할 때가 있어
요. 무민이 바다 한가
운데 바위에 갇혀 옴짝달
싹 못하게 되자, 스노크메이든이 배를 타고 무민
을 구하러 달려왔지요. 놀랄 만큼 용기 있는
행동이었어요.

안타깝게도 무민이 얼음 여왕의 마법에 걸려 잠이 들 위기에 처했을
때에는, 무민 조상님이 순간적으로 재치를 발휘해 눈덩이를 던져 무
민을 깨웠어요. 그런 다음 잠이 덜 깬 무
민을 안전한 곳으로 데려가 목
숨을 구해 주었지요.**

투티키에 따르면
무민 조상님은 무민이 천 살쯤
먹은 모습처럼 보인대요.

* '유령 이야기'에서 벌어지는 이야기입니다.
** 조상님이 무민을 구하는 사건은 '한겨울의 조상님'에서
   벌어집니다.

95

무민 골짜기의
아름다운 자연

아름다운 자연 세계

무민 골짜기는 세상에서 가장 아름다운 곳입니다. 생기가 넘치지 요. 초록빛 잎이 우거진 숲에는 다람쥐, 고슴도치, 올빼미, 딱따 구리를 비롯해 수많은 생명체들이 살고 있어요. 골짜기를 따라 이어진 강물이 흘러든 바다에는 해변과 동굴, 그리고 탐험할 작은 섬들이 펼쳐지지요. 골짜기 뒤로는 안개 낀 산들이 우뚝 솟아 있고요. 무민 가족은 무민 골짜기의 풍경을 이루는 한 부분입니다. 가족들은 주위를 둘러싸고 있는 자연을 아끼고 사랑하며, 감사한 마음으로 살 아갑니다.

무민은 이따금 연못가로 나가요. 무민이 가장 좋아하는 장소이지요. 이 곳에 가면 마음 편히 쉴 수 있고 나무껍질로 만든 배를 띄울 수도 있 습니다. 배가 시계 방향으로 빙글빙글 돌아가기를 바라면서요. *

스노크메이든은 숲과 초원에서 꽃을 꺾는 걸 좋아합니다. 꽃으로 머리를 장식할, 화려한 화관을 만들고 주위도 예쁘게 장식해요.

"이게 사는 거지! 야단법석 떨 일도, 가정의 안락함도 없이. 소박한 자연 그대로의 삶!"
–무민파파, '그로크의 밤' 중에서

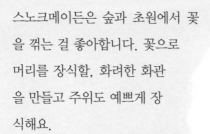

무민의 장난감 배는 나무껍질로 만들어요. 무민마마가 해마다 하나씩 만들어 주지요. 나무껍질 배에는 이런 것들이 있어요.

＊ 큰 돛대에 달린 커다란 돛
＊ 뒷 돛대에 달린 작은 돛
＊ 갑판의 뚜껑 문

*나무껍질 배가 시계 반대 방향으로 돌아가면 무슨 일이 벌어지는지 '무민 가족의 여름 대소동'을 보면 알 수 있어요.

무민 가족이 잘 먹
고 잘 살기 위해 필요
한 것들은 무민 골짜기에
서 다 얻을 수 있어요. 가족들
은 종종 바구니를 챙겨 숲으로 들어가 먹을 것을 찾아다니며 하루를 보
내지요. 집으로 돌아오면 맛좋은 잼을 만들어 지하실에 보관해 둡니다.

숲에서 가져오면 좋은 것들

 * 사과
 * 배
 * 자두
 * 버섯

스너프킨은 숲속에 있거나 산이나 바닷가를 탐험하며 돌아다닐 때 제일 행복해합니다. 사방을 에워싼 자연을 보고 들으며 몇 시간이고 걸을 때도 있지요. 무민 골짜기는 언제나 멋진 영감을 준답니다.

"어서 가, 꼬마들아. 숲은 우리 모두의 것이야!"
—스너프킨, '스너프킨과 공원 관리원 헤믈렌' 중에서

잘못 알려진 생명체들

그로크

기이한 잿빛 그로크를 두고
이런저런 소문만 무성할 뿐, 실
제로는 그로크에 대해서 알려진 바가 거
의 없습니다. 이따금 무민 골짜기에 나타나는 그
로크는 무표정한 얼굴에 창백한 눈으로 멀뚱멀뚱
앞만 쳐다보며 미끄러지듯 나아가지요. 소름끼
치는 그르릉 소리를 내면서요. 과연 그로크가
원하는 것은 무엇일까요? 그건 아무도 모른
답니다.
그로크는 늘 차갑고 혼자예요. 친구 하나 없이 홀로 나타나지
요. 혹시 함께할 친구를 간절히 원하는 걸까요? 그로크는 온기
를 빨아들입니다. 주위의 모든 것을 차디찬 숨으로 꽁꽁 얼어
붙게 만드는 불행에 휩싸인 존재랄까요.
어느 날 밤, 코앞에서 그로크와 마주친 무민은 무서워
덜덜 떨면서도 왠지 모르게 안타까운 마음이 듭니
다.* 어쩌면 그로크는 단순히 오해를 받고 있
는지도 모르겠어요.

"그로크는 삶의 작은 온기를 찾고 있는지도 몰라.
녀석이 과연 찾아낼 수 있을까?"

−무민, '그로크의 밤' 중에서

104

*이 섬뜩한 만남은 '그로크의 밤'에서 일어납니다.

해티패티들

해티패티들은 무민 골짜기의 또 다른 수수께끼예요. 해티패티들은 길쭉한 대롱처럼 생긴 작고 하얀 생물입니다. 여럿이 작은 배를 나누어 타고 세계를 항해하는데 한 곳에 오래 머물지 않고 정처 없이 떠돌아다닙니다. 멍하니 앞만 바라보며 몸뚱이에 난 작은 앞발 두 개를 쉬지 않고 흔들어 대지요. 떼를 지어 몰려다니는데, 움직일 때면 웅웅거리는 소리를 냅니다. 어마어마한 수의 해티패티들이 우르르 몰려다니는 광경은 좀 무섭기까지 하지요. 무민과 스노크메이든은 그걸 누구보다 잘 알고 있답니다.*

해티패티들은 웅웅거리고 다니며 전기 에너지를 발생시키기 때문에 몸에서 반짝반짝 빛이 나고 강한 유황 냄새를 풍깁니다. 언젠가 해티패티 때문에 공원 관리원 헤뮬렌의 몸에 불이 붙은 적도 있어요. 빠지직거리며 전기 불꽃이 튀다가 온몸이 보름달처럼 환하게 빛났답니다.**

106

이처럼 이상한 해티패티들에 대해서는 사실 알려진 바가 거의 없는데요. 어느 날, 해티패티들은 무민 골짜기 앞바다에 있는 섬에 모여들더니 녀석들에게 가장 소중한 물건을 향해 예의를 갖춰 공손히 절을 해요. 그것은 다름 아닌 기둥에 달린 기압계입니다. 해티패티들에겐 날씨가 매우 중요한데, 마치 보이지 않는 힘에 이끌려 폭풍우를 찾아다니는 것 같아요. 전구처럼 반짝거리면서 말이죠.

"해티패티들은 폭풍우를 맞이하려고 모이는 것 같아. 아니면 해티패티들 때문에 폭풍우가 생기는지도 모르지. 그걸 우리가 어떻게 알겠어. 세상사란 다 그런 거지 뭐."

−무민, '해티패티 섬' 중에서

해티패티들이 기쁜지 슬픈지, 아니면 화가 났는지 아무도 몰라요. 결코 감정을 드러내지 않으니까요.

* '해티패티 섬'에서 볼 수 있어요.
** 이 번뜩이는 사건은 '스너프킨과 공원 관리원 헤물렌'에서 일어나요.

얼음 여왕

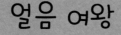

아름답지만 위험천만한 유
령 같은 여인이 으스스한 노래를
부르며 눈보라 속을 헤치고 돌아다닙니다. 바로 얼음
여왕이지요. 얼음 여왕이 다가오는 게 느껴지면 다들 재빨리 달아나요.
운이 없거나 동작이 너무 느리면, 어느새 바짝 다가와 있을지도 몰라요.
얼음 여왕의 목소리는 부드러운데다, 마법의 힘이 있어서 듣는 이로 하여금 스르륵
잠이 들게 만듭니다. 그러니 조심하세요! 눈 속에서 잠이 들면 다시는 깨어나지 못하
니까요.

"얼음 여왕은 아름다운 겨울 요정이지만,
얼음 여왕의 노래를 들으면 네 몸은 과자처럼
딱딱하게 얼어붙고 말 거야."

–투티키, '한겨울의 조상님' 중에서

투티키는 무민에게
얼음 여왕을 조심하라고
주의를 줬어요.

* '한겨울의 조상님'에서 얼음 여왕을 조심하세요.

유령

무민 가족의 집에 이따금씩
모습을 드러내는 유령은 하얀 옷
을 입고 있습니다. 진짜 무서운 유령이 되
려고 열심히 노력하지만 안타깝게도 꼭 필요한 재
주가 턱없이 부족해요. 유령인데도 남들을 겁주는 걸
좋아하질 않거든요.
사실 유령은 유령이 되고 싶지 않습니다. 그보다는 소방관
이나 경찰관이 되면 훨씬 멋질 거라고 생각하지요. 아니면 다른
무엇이라도요.
유령은 '우우우' 하고 울부짖으며 무민을 놀라게 하려고 최선을 다하지
만 별로 무섭지가 않습니다. 보다 못한 무민은
유령에게 목소리를 낮게 깔고 쩌렁쩌렁
울리게 만드는 법을 가르쳐 주지요.
그리고 둘은 친구가 된답니다.*

유령은 무민 집 다락방에
종종 나타나요. 유령을 보고 겁을
내는 건 다락방에 사는
작은 생쥐들뿐이니까요.

"잊혀진 뼈들의 복수를 조심하라!"
―유령, '유령 이야기' 중에서

109

* '유령 이야기'에서 일어나는 이야기예요.

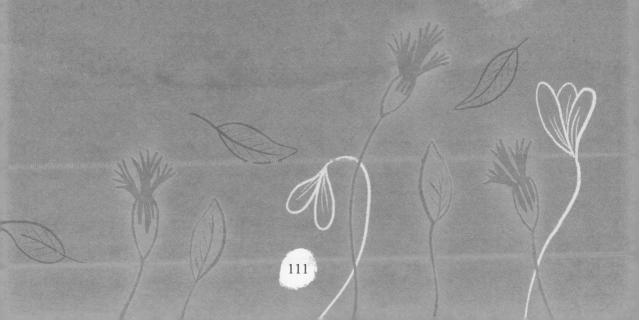

계절의 변화

봄

봄은 태양의 따스한 첫 햇살 아래 겨우내 쌓였던 눈이 스르륵 녹아내리고, 무민 골짜기 숲에 다시 생기가 넘치는 계절입니다. 이른 봄이면 아네모네들이 앞다퉈 피어나고 초록빛 새싹들이 땅을 비집고 올라오지요. 새들은 재잘재잘 지저귀고 겨울잠에서 깨어난 동물들은 새로운 시작을 준비합니다.

봄은 무민이 가장 좋아하는 계절입니다. 무민에게 너무도 중요한 의미니까요. 다름 아닌 스너프킨이 무민 골짜기로 되돌아오는 때이거든요. 해마다 새봄의 첫날이 오면, 무민은 귀를 쫑긋 세우고 기다립니다. 스너프킨이 하모니카로 연주하는 새 봄노래를 들으려고 말이죠.

스노크메이든에게 봄은 꽃을 뜻해요! 스노크메이든은 꽃을 꺾지 않을
수가 없어요. 특히 아네모네만 보면요. 하지만 봄은 스노크메이든에게
힘든 시간이기도 해요. 남자 친구인 무민이 맨날 싱숭생숭 들떠서 스너
프킨만 기다리니까요.

"그럼 그렇지. 네 머릿속은 온통 스너프킨 생각뿐이야.
이맘때면 꼭 그래."

—스노크메이든, '봄노래' 중에서

필리용크 아주머니도
봄을 아주 좋아해요. 봄맞이 대청소를
하기에 이보다 더 좋은 때는
없으니까요!

113

여름

무민 골짜기의 여름은 느리고도 느긋한 계절입니다. 무민 가족은 바닷가로 소풍을 가서 헤엄을 치며 더위를 피해요. 무더운 날이면 강물은 바짝 메마르고 뜨거운 열기에 정원의 식물들도 시들시들해져요.

"완벽해. 모든 게 완벽해."

—무민, '무민 가족의 여름 대소동' 중에서

가을

가을은 무민 가족과 다른 동물들이 겨울잠을 준비하는 계절입니다. 무민 가족은 필요한 물건들을 빠짐없이 챙기고, 솔잎으로 마지막 성대한 만찬을 즐겨요. (꼭 솔잎을 먹는데, 그건 무민 가족의 오랜 전통이랍니다.) 그러고 나면 겨울을 나기 위해 포근한 이불 속으로 들어가지요. 이른 봄 자명종이 울리기 전까진 깨어나지 않을 거예요.

"겨울잠을 자기 전에 먹는 훌륭한 전통 음식이야.
우리 조상님들도 바로 이렇게 드셨지."

−무민파파, '한겨울의 조상님' 중에서

가을은 스너프킨이 골짜기를 떠날 채비를 하는 때이기도 합니다. 해마다 가을이 되면 여행을 떠나거든요. 스너프킨이 떠날 때마다 무민은 항상 슬퍼하지만 봄이 되면 다시 돌아온다는 걸 누구보다 잘 알고 있지요.

* 나뭇잎을 뒤집어쓴 이 녀석들은 우디라고 해요.

* 우디들은 신나게 노는 걸 아주 좋아해요.
  이따금 티격태격 다투기도 하지만요.

* 그중에서도 바스락거리는 갈색 낙엽을 갖고 노는 걸
  좋아해요. 낙엽은 어디에나 있지요!

겨울

"여름에는 발붙일 곳이 없는 친구들이 너무도 많아.
조금 수줍음을 타고 조금 신비로운 녀석들은 다 그래."

—투티키, '한겨울의 조상님' 중에서

무민 골짜기에 겨울이 오면 대부분의 숲속 동물들은 겨
울잠을 잡니다. 그래서 땅바닥에 두껍게 깔린 하
얀 눈도, 꽁꽁 얼음으로 뒤덮인 연못도 전
혀 볼 수가 없지요.

난생처음 생각지 않게 겨울잠에서 일찍 깨어난 무민은 겨울이면 벌어지는 신기한 일들을 목격하게 됩니다. 겨울 동안 무민 가족의 물놀이 오두막에서 묵고 있는 투티키도 만나고요. 현명하고도 친절한 투티키는 무민에게 따뜻한 수프를 만들어 주고, 이런저런 유익한 조언도 해 주지요.* 투티키는 손잡이를 돌리면 음악이 나오는 손풍금을 연주하며 즐거운 시간을 보냅니다.

투티키를 알아보는 법
* 하얀색과 빨간색 줄무늬 스웨터
* 빨간색 방울이 달린 파란색 털모자
* 지혜롭게 빛나는 푸른 눈동자

* '한겨울의 조상님'에서 일어나는 이야기예요.

알파벳으로 보는
무민 골짜기

A는 Apron(앞치마) – 무민마마는 가끔 빨간색과 하얀색 줄무늬가 그려진 앞치마를 둘러요. 오트밀 죽이나 팬케이크처럼 식구들이 좋아하는 음식을 요리하는 중이겠지요. 아니면 나무껍질로 장난감 배를 만들거나, 벽화를 칠하거나, 혹은 정원의 잡초를 뽑는 중일 수도 있고요.

B는 Boat(배) – 무민 가족은 배를 타고 다니는 걸 좋아합니다. 특히 무민파파가 그래요. 무민 가족에게는 모험호라는 돛단배 한 척이 있는데 종종 이 배를 타고 바다로 여행을 떠나곤 합니다.

C는 Cleaning(청소) – 필리용크 아주머니가 온종일 공들여 하는 일이 바로 청소입니다. 이미 먼지 한 톨 없을 정도로 깔끔한 집인데도요.

D는 Dragon(용) – 언젠가 무민이 화가 난 작은 용 한 마리를 발견한 적이 있어요. 무민은 그 용을 길들여 보려고 했지만 애완동물로 살기 싫었던 용은 탈출을 시도했지요.*

E는 Electricity(전기) - 해티패티를
만지면 강한 전기를 일으킵니다. 해티패티가 다
리를 스치고 지나갔을 때 무민의 몸에 찌르르 전기가 통했
던 것처럼 말이죠.**

F는 Fringe(앞머리) - 해티패티 때문에 솜털 같은 앞머리를 그을린
가엾은 스노크메이든은 뚝뚝 눈물을 흘렸어요. 다행히 앞머리는 다시
자라났지요.***

G는 Gloomy(우울한) - 세상 그 누구도 가엾은 미자벨보다
우울할 수는 없을 거예요. 미자벨은 무민 가족의 가사 도우미로
일했지만, 안타깝게도 무민네 집은 더 뒤죽박죽이 되고 말지
요. 미자벨은 얼마 뒤 생기를 찾습니다.****

H는 Hat(모자) - 무민 골짜기에는 유독 모자를 좋아하는 친구들이
있어요. 무민파파는 검정색 중절모를 매우 자랑스럽게 여기고, 스너
프킨과 투티키는 항상 특유의 개성 있는 모자를 쓰고 다닙니다.

*'마지막 용'에 나옵니다.
**'해티패티 섬'에서 일어나는 이야기입니다.
***이 이야기도요!
****'무민마마의 가사 도우미'에서 미자벨은 조금이나마
기운을 내고 생기를 찾습니다.

I는 Island(섬) – 무민 골짜기를 에워싸
고 있는 미지의 섬들 중 하나가 해티패티 섬이에
요. 무민파파가 젊은 시절에 발견했는데 이후 무민, 스노
크메이든, 꼬마 미이도 함께 가 본 적이 있지요.*

J는 Jam(잼) – 무민 가족은 잼을 한가득 만들어서 지하실에
보관해 두고 일 년 내내 먹어요. 특히 팬케이크에 곁들여 먹으면
더욱 맛이 좋답니다.

K는 Knitting(뜨개질) – 경찰 헤물렌 아주머니의 취미가 뜨개
질입니다. 스노크메이든의 부탁을 받고 스노크메이든과 무민이 신을
덧신을 떠 주기도 했답니다. (당연히 둘을 감옥에서 빼내기 위한 계
획이었지요.)**

L은 Ladder(사다리) – 무민 방 창문에는 줄사다리가 달려 있어요. 무민은 굳
이 앞문을 쓰지 않더라도 자유롭게 방을 들락날락할 수 있는 이 줄사다리가 무척
유용하다는 걸 알게 되어요.

M은 Mameluke(마멜루크) – 무민 골짜기의 전설의 생명체인
마멜루크는 바다에서 펄쩍 뛰어올라 온 거대한 물고기입니다.
낚시 여행 중이던 무민과 무민파파는 그 모습을 발견하
고 화들짝 놀라요.***

*'해티패티 섬'에 나오는 이야기예요.
**이 이야기는 '스너프킨과 공원 관리원 헤물렌'에 나옵니다.
***'괴물 물고기'에서 벌어지는 이야기입니다.

N은 Nap(낮잠) - 사향뒤쥐는 낮잠을 아주 중요하게 여긴답니다. 무민네 집 정원 그물침대에 누워 있는 걸 정말 좋아하지요. 사향뒤쥐는 잠깐씩 조는 틈틈이 인생에 대한 고민도 한답니다.

O는 Orphan(고아) - 무민파파는 진짜 부모가 누구인지 모르는 고아입니다. 겨우 아기였을 때 상자에 담겨 고아원 계단에 버려졌거든요. 고아원 원장인 헤물렌 아주머니 손에서 자랐어요.

P는 Paint Pot(페인트 통) - 무민이 자기 방을 되찾으려고 집을 향해 달려나가자, 그 뒤를 쫓던 꼬마 미이는 그만 페인트 통에 처박히고 맙니다. 아무리 그래 봤자, 꼬마 미이를 막을 수는 없었어요!****

Q는 Quarter Past Winter(겨울의 반의 반 지남) - 뜻밖에 밈블 아주머니가 찾아와 무민 가족의 잠을 깨웠을 때 시계가 가리킨 시각이에요. 겨울잠에서 깨어나기엔 너무 이른 시간이지요. ****

****'꼬마 미이가 이사 왔어요'에서 벌어지는 이야기입니다.

R는 Reading(독서) – 독서는 무민파파가
가장 즐기는 취미 가운데 하나입니다. 무민파파는 자신
의 흥미진진한 모험담이 담긴 회고록을 가족과 친구들에게 읽어 주
는 걸 아주 좋아해요.

S는 Seeds(씨앗) – 해티패티로 자라나는 이상한 씨
앗부터 순식간에 벌레잡이 식물로 자라나는 뾰족뾰족한
초록색 씨앗까지 있어요. 이런 씨앗들은 무민 골짜기에
대혼란을 일으켜요.*

T는 Tea(차) – 무민마마는 손님이 찾아오면 언제
든 커피나 차 한 잔과 케이크를 대접합니다. 무민 가족
은 찾아오는 손님이 누구든 반갑게 맞아 주지요. 차
를 따르기 전에 혹시 찻주전자 속에 꼬마 미이가 있
는지 확인할 필요는 있지만요.

U는 Underwater(물속)– 무민은 대홍수로 물바다가 되자 물속
을 헤엄쳐야만 했어요. 괴물 물고기 마멜루크가 걸린 낚싯줄을
붙잡고 바다 깊이 끌려 들어가기도 하고요. 다행히
무민은 헤엄을 아주 잘 친답니다.**

124

* 이 씨앗들은 '스너프킨과 공원 관리원 헤물렌'
  그리고 '괴물 물고기'에 등장합니다.
** '무민 가족의 여름 대소동'과 '괴물 물고기'에서 볼 수 있어요.

V는 Verandah(베란다) – 무민 가
족이 경치를 즐기며 커피를 마시거나, 무민마
마가 앉아서 바느질을 할 때 가장 좋아하는 곳이에요.

W는 Woodies(우디) – 공원에서 만난 숲속 친구들, 꼬마 우디들
은 스너프킨을 아주 좋아해요. 스너프킨은 어떤지 잘 모르겠지만요.***

X는 Box(상자) – 고아원 원장 헤물
렌 아주머니가 아기 무민파파가 담긴 상
자를 발견하는 순간이 무민파파의 극적
인 연극에서 그대로 재현됩니다.****

Y는 Play(연극) – 무민파파의 일생을 다
룬 연극의 제목은 〈남들과는 다른 무민〉이에요.
무민 골짜기에서 공연했을 때 큰 사랑을 받았답니다.

Z는 Freeze(얼리다) – 그로크는 한번 나타나면 닿는 것마다
꽁꽁 얼려 버려요. 미끄러지듯 스르륵 나아가는데, 그로
크가 지나간 자리엔 얼어붙은 흔적이 고스란
히 남지요.*****

*** '스너프킨과 공원 관리원 헤물렌'에서 일어나는 이야기예요.
**** 이 연극은 '황금빛 이야기'에서 공연됩니다.
***** 그로크는 '그로크의 밤'에 등장해요.